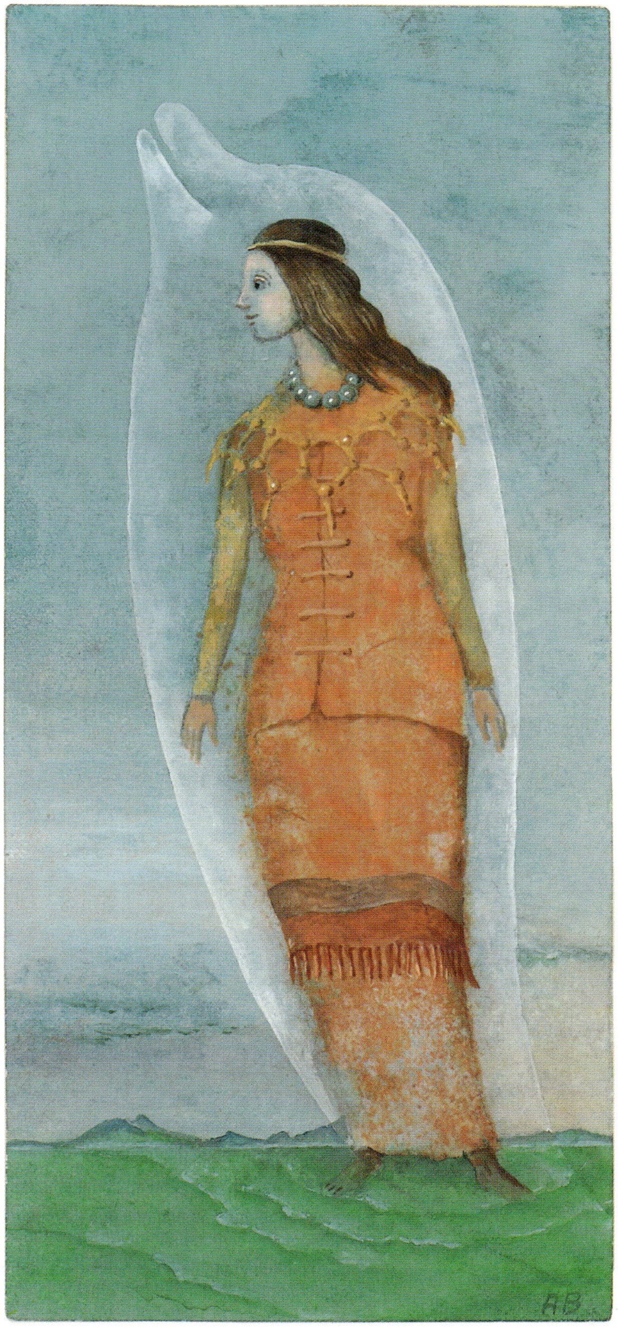

Diese Geschichte verwendet Motive aus einer alten Legende
der Huichol-Indianer.

Alle Rechte vorbehalten
© 1995 by Verlag St. Gabriel, Mödling-Wien
Umschlaggestaltung und Illustrationen
von Antoni Boratyński
ISBN-3-85264-474-7
Reproduktion: Techné, Villorba
Druck: Theiss Druck, Wolfsberg
Printed in Austria

DER SOHN DES HÄUPTLINGS

Eine Geschichte von der großen Flut

Erzählt von Erich Jooß
Bilder von Antoni Boratyński

Verlag St. Gabriel

Vor vielen, vielen Jahren lebte ein Häuptling am Rande der weiten Sümpfe. Niemand konnte diesem Häuptling widerstehen, denn er war stark wie ein Baum und schnell wie ein Hirsch. Mit bloßen Händen fing er den Jaguar, und wenn er mit seinen Kriegern durch das Land streifte, flohen alle anderen Völker. Dann zündete er die Dörfer an und verschleppte alles, was ihm kostbar erschien. Rauchsäulen stiegen in den Himmel. Manchmal leuchteten sie feuerrot wie der Zorn, und manchmal standen sie über der Ebene, schwarz und still wie der Tod.

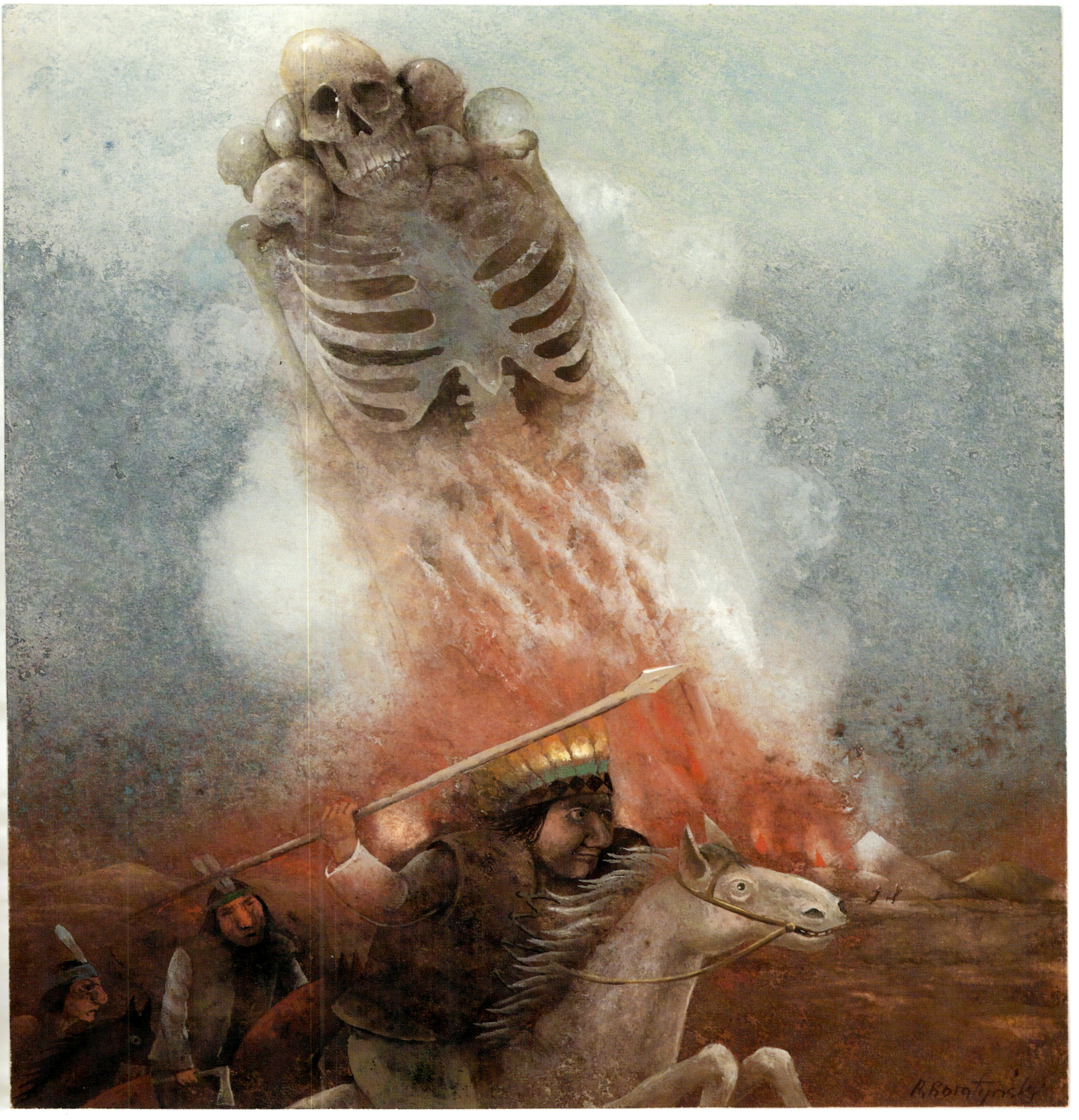
A. Boratynski

Der große Häuptling hatte einen Sohn, der jedes Mal erschrak, wenn er die Rauchsäulen sah. Er wußte, daß sie nichts Gutes bedeuteten, und er empfand Mitleid mit den Kriegern, die ihre Körper bemalten und dabei wilde Schreie ausstießen. In seiner Hand lag die Streitaxt wie etwa Fremdes. Nein, er wollte keinen Menschen töten! Lieber saß der Sohn des Häuptlings unter dem grünen Blätterdach der Bäume und spielte auf der Flöte.
So hell und zärtlich klang diese Flöte, daß alles lauschte. Selbst die Ochsenfrösche, die in den Sümpfen quakten, wurden still.

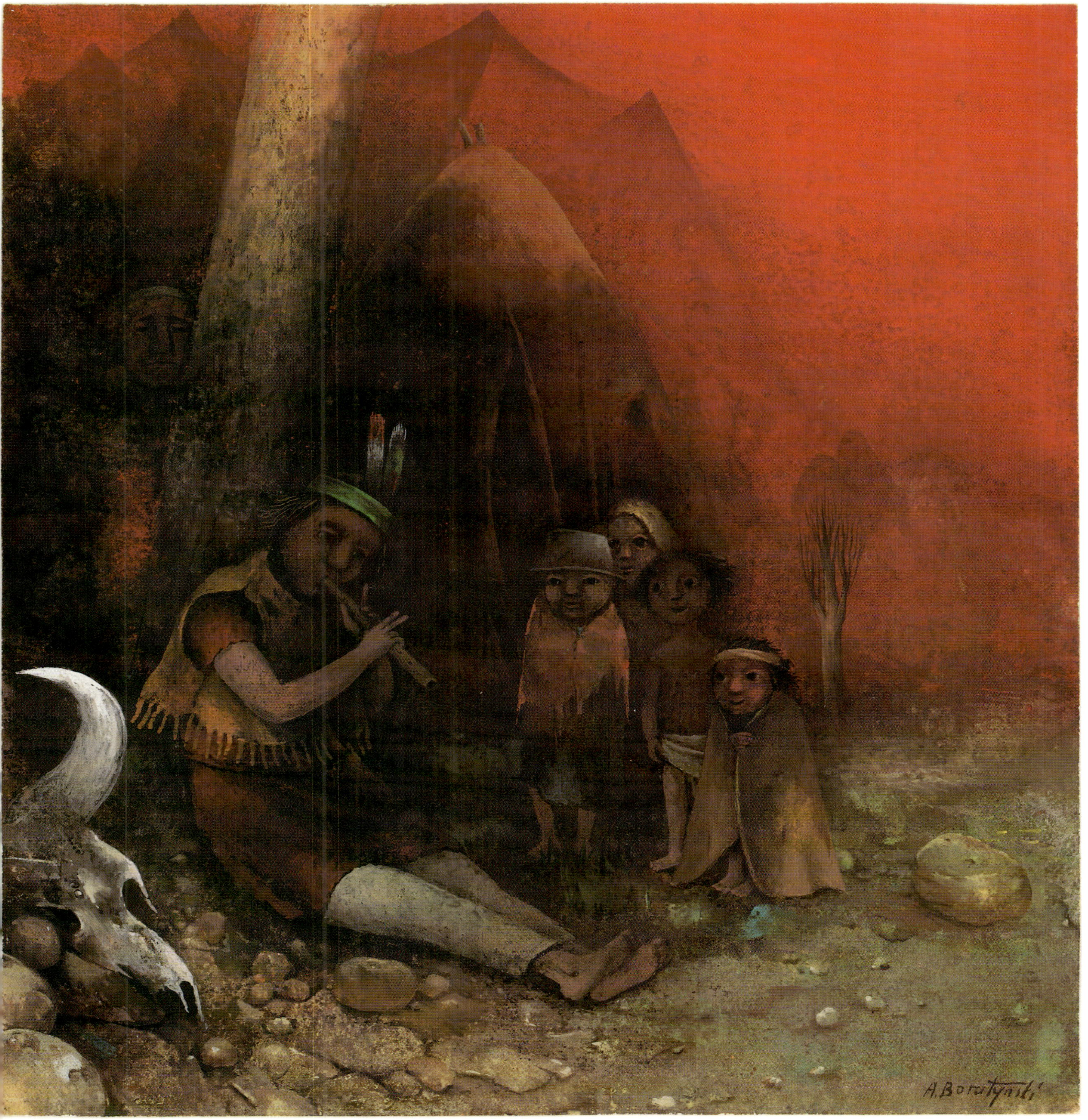
A.Boratynski

Nur die Krieger fanden keinen Gefallen an dem Flötenspiel. Sie schüttelten den Kopf und murrten: „Wann ziehst du endlich mit uns? Dein Vater ist ein Mann, den alle fürchten, und was bist du?" Aber der Sohn des Häuptlings tat so, als hätte er ihre Fragen nicht gehört. Ihm war traurig zumute, und er blies ein Lied, in das er seine ganze Trauer legte. Da gerieten die Krieger erst recht in Wut. Sie warfen mit Steinen und Erdklumpen nach ihm. Auch sein Vater wurde zornig, so zornig, daß er ihn aus dem Männerhaus jagte.

Eine Zeitlang blieb er noch in der Nähe des Dorfes. Er mußte sich von den Essensabfällen ernähren, die er mit den Hunden teilte. Als er die Verachtung nicht mehr ertrug, schnürte er sein Bündel und ging fort. Der Wald nahm ihn auf, hier fand er, was er brauchte: Beeren, Pilze und ab und zu eine Handvoll Maiskörner, ein paar Bohnen, die er auf brachliegenden Feldern entdeckte. Sobald der Boden erschöpft war, zogen die Krieger mit ihren Familien weiter. Dann rodeten sie den Wald an einer anderen Stelle. Der Sohn des Häuptlings aber wunderte sich, wie rasch das kahle, abgeerntete Land zu neuem Leben erwachte. Über Nacht, so schien es ihm, wuchsen Bäume in die Höhe. Mächtig standen sie da, ihre Äste weit ausgebreitet...

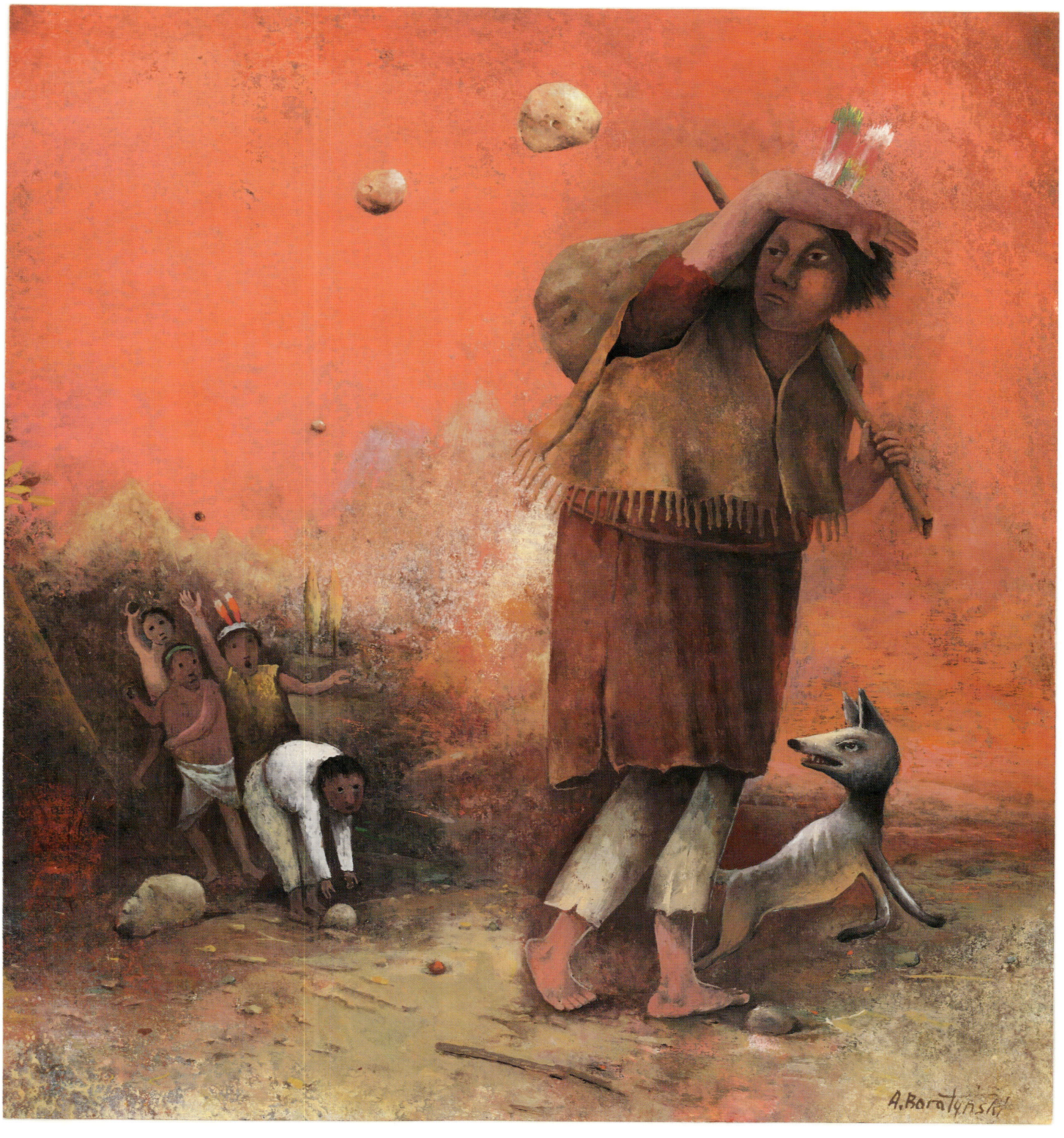
A.Boratyński

Eines Tages wollte der Sohn des Häuptlings wieder Maiskörner sammeln. Plötzlich sah er eine alte Frau, die mit wiegenden Schritten über ein verlassenes Feld lief, als würde sie tanzen. Sie hielt einen Stab, mit dem sie in alle Himmelsrichtungen, nach oben und nach unten zeigte. Wie durch Zauberkraft brach Leben aus dem dürren Boden hervor; kleine Bäume streckten sich und wurden zu Riesen. Eben noch war der Sohn des Häuptlings in der Sonne gestanden, jetzt umfing ihn das grüne Dämmerlicht des Waldes, und er hörte die Papageien, die aufgeregt kreischten. „Ich bin der großen Mutter begegnet", dachte er. „Sie heilt die Wunden der Erde. Was sie berührt, das wächst und gedeiht."

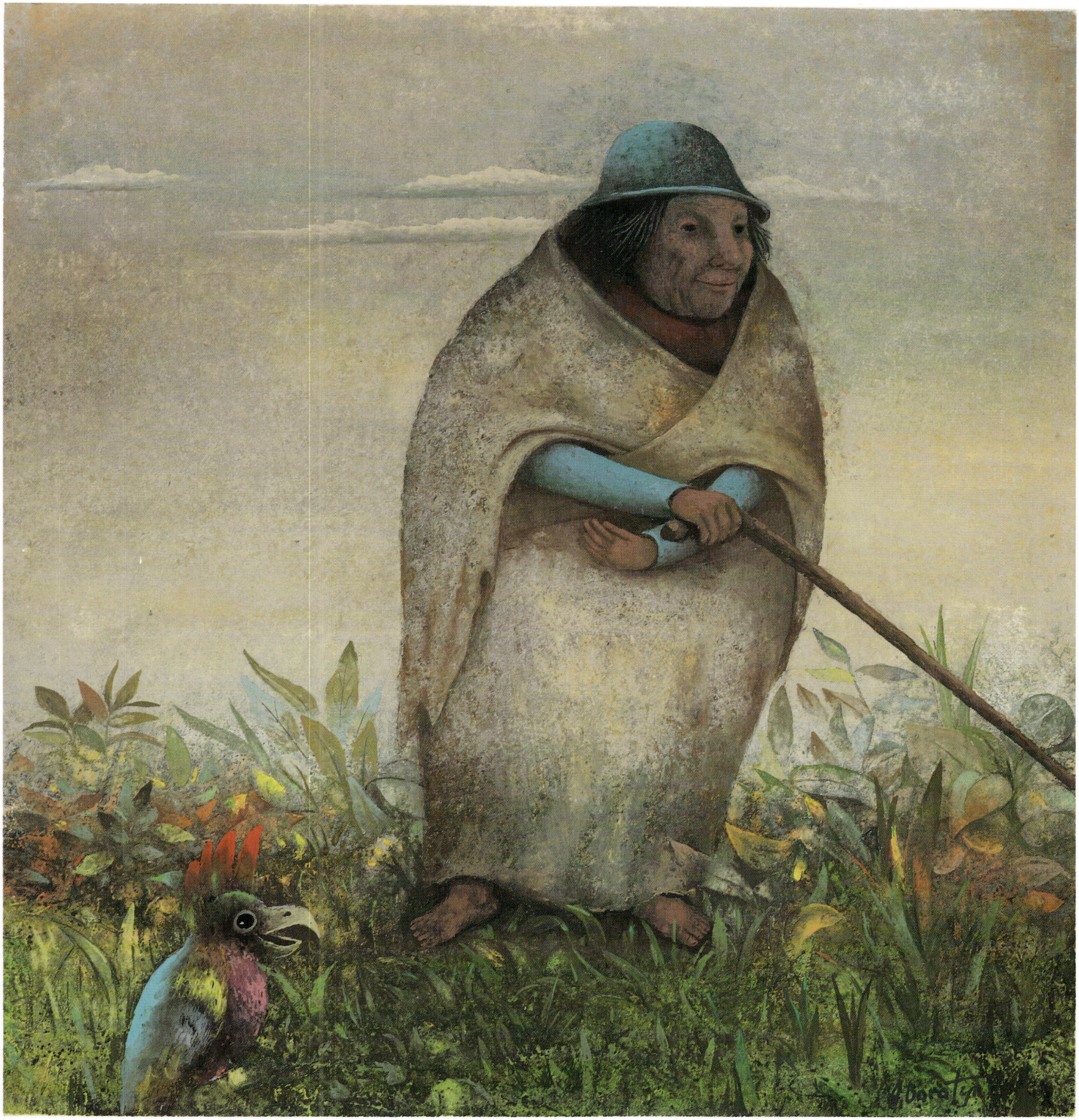

Lange, sehr lange mußte er warten, bis die alte Frau ein zweites Mal erschien. Es war ein heißer, trockener Abend. Der Sohn des Häuptlings hatte sich vor seine Hütte gesetzt und blies in die Flöte. Schläfrig suchten seine Finger die Töne. Während er spielte, fing er an zu träumen. Er träumte sich weit fort, in den Himmel hinein, der noch von der untergegangenen Sonne brannte. Plötzlich trat die alte Frau aus dem Wald. Ihr Stab berührte ihn, und sie beugte sich zu ihm hinunter. Für einen Augenblick war sie ihm ganz nahe, mit einem Gesicht wie die Erde, rissig und voller Furchen.

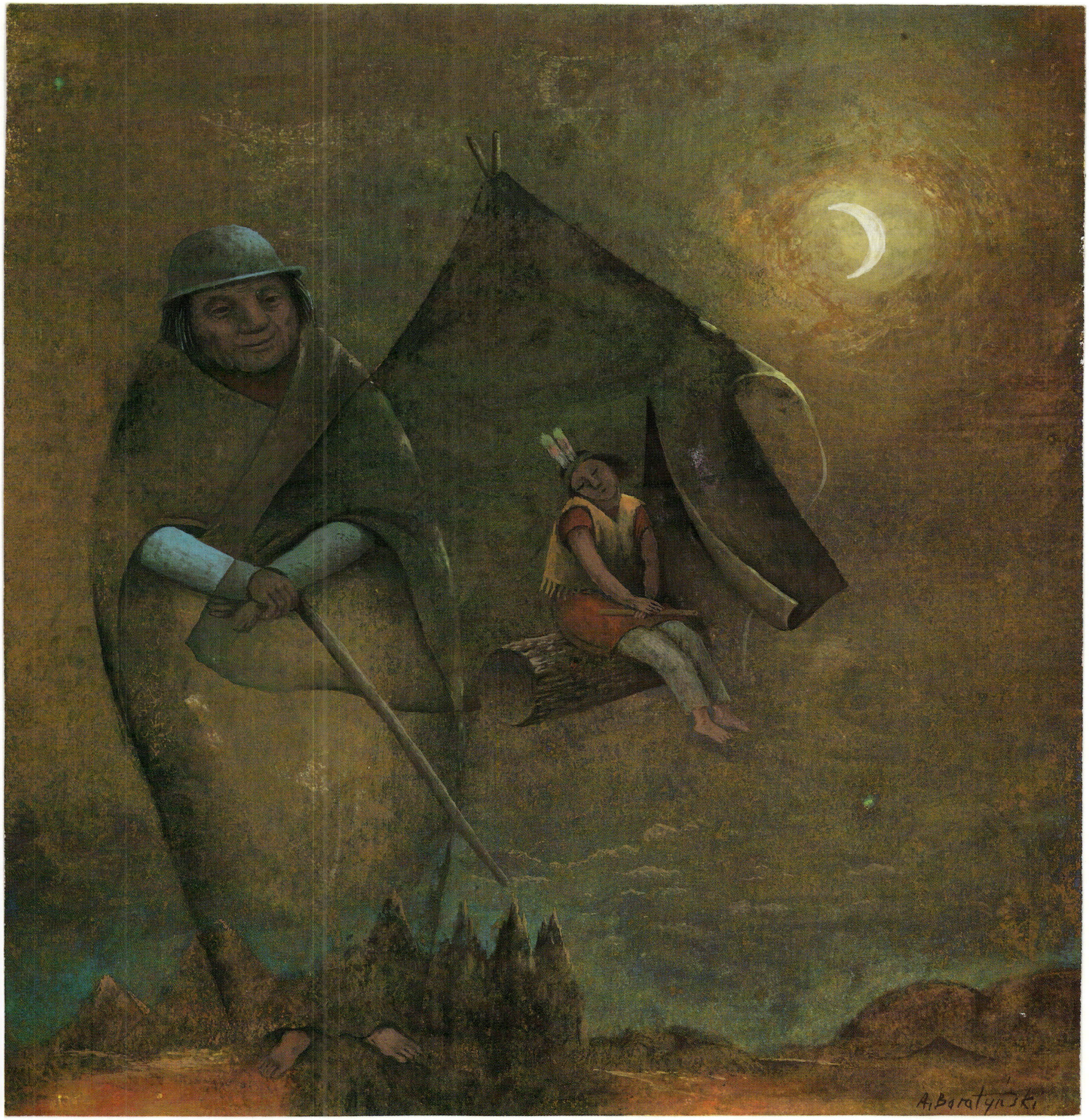
A. Baratyński

„Hier kannst du nicht bleiben", sagte sie. „Noch siebenmal geht die Sonne unter. Dann kommt eine große Flut, die Menschen und Tiere verschlingt." Mit dem Stab zeichnete die alte Frau einen Kreis in die Luft. „Alles wird dem Wasser gehören", flüsterte sie. Ihre Stimme erinnerte an das Rascheln des Laubes. „Nur dich will ich retten. Bau dir ein Schiff, das wie ein Kasten aussieht, und dichte die Fugen mit Harz ab. Es muß ein festes Schiff sein. Ein starkes Schiff…"

Noch am gleichen Abend begann der Sohn des Häuptlings die Bäume zu fällen, die er für das Schiff brauchte. Er befreite sie von der Rinde und trieb dann sein Handbeil tief in das Holz. Unermüdlich, ohne Rast und ohne Ruhe arbeitete er. Sein Körper tat weh; jedes Glied schmerzte. Obwohl er der Erschöpfung nahe war, gab er nicht auf. Als die Sonne zum siebten Mal von der Erde Abschied nahm, ließ er den Kasten ins Wasser. Kurz darauf erhob sich ein gewaltiges Donnergrollen. Die vier Winde sprangen auf und wirbelten alles durcheinander. Schneidend scharf wie Pfeffer brannten sie auf der Haut. Voll Entsetzen sah der Sohn des Häuptlings, daß die Erde sich spaltete. Aus den Klüften stieg Nebel, und es regnete ohne Unterlaß.

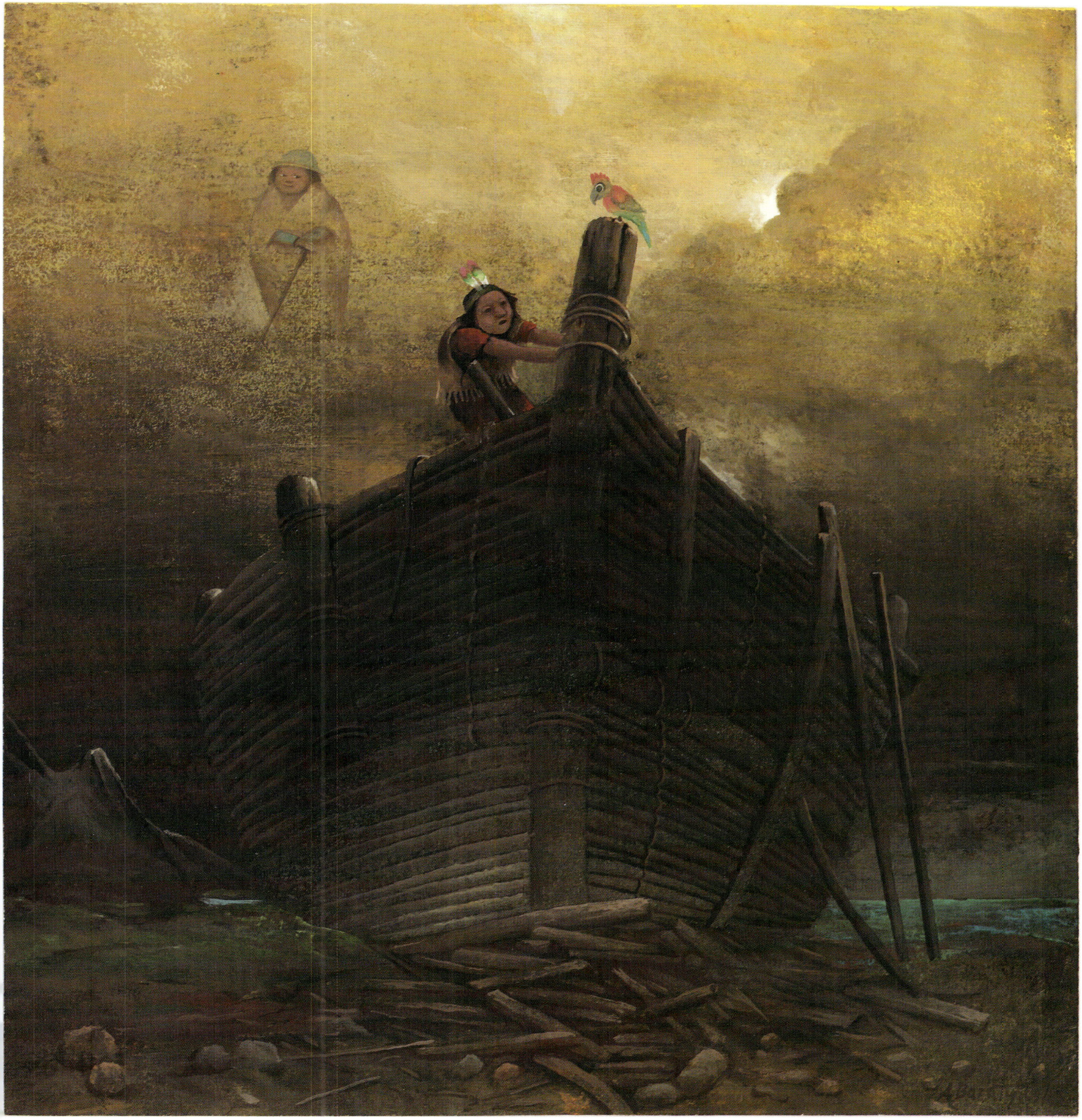

„Wo ist die große Mutter?" dachte der Sohn des Häuptlings. „Sie hat versprochen, daß sie mich rettet." Er wollte auf sie warten, doch da wurde er von einer Hand gepackt und in den Kasten gezogen. Krachend schlug die Tür hinter ihm zu. Als er sich an die Dunkelheit gewöhnt hatte, entdeckte er seine Beschützerin. Sie saß auf dem Boden – mit gekreuzten Beinen und unbeweglich, wie eine Figur aus Stein. An der Wand lehnte ihr Stab. Erst jetzt bemerkte der Sohn des Häuptlings, daß sie nicht allein gekommen war. Ein Papagei, ein Ara, flatterte durch den Raum und ließ sich auf ihrer Schulter nieder. Sein Schnabel leuchtete in der Dunkelheit.

Zärtlich lehnte sich der Vogel an den Kopf der Frau. Währenddessen trieb das kleine Schiff immer schneller ab. Wie ein Kreisel drehte es sich in den Fluten, die unaufhörlich stiegen. Es schwankte, tauchte tief in Wellentäler und schoß gleich darauf, getragen von mächtigen Wogen, in die Höhe. Dem Sohn des Häuptlings wurde es schwarz vor den Augen. Er stürzte, sah nichts mehr, fühlte nichts mehr. Viele Tage lag er so, hingestreckt auf dem Boden des Kastens.

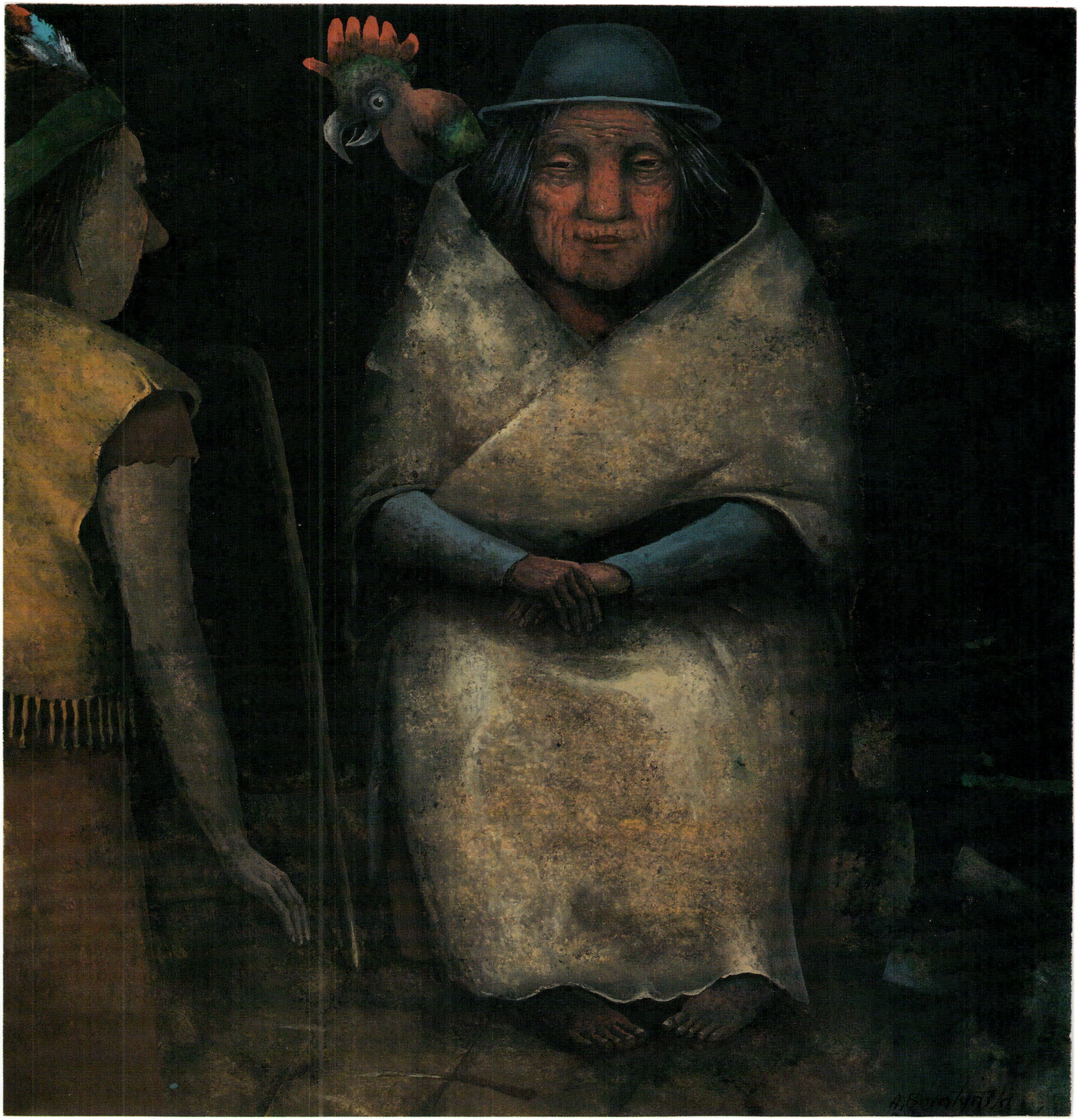

Als er wieder zu sich kam, war es still ringsum. Auch das Schiffchen hatte aufgehört, wild zu schaukeln. Da faßte der Sohn des Häuptlings neuen Mut. „Laß mich die Tür des Kastens öffnen", bat er die alte Frau. Aber die schüttelte nur den Kopf. „Nein", antwortete sie, „bleib hier! Dort draußen ist es finster und leer. Das Wasser hat alles fortgerissen, es hat alles zugedeckt." Ungläubig starrte der Sohn des Häuptlings die alte Frau an. Dann endlich begriff er, was geschehen war. Langsam, wie ein Schlafwandler, nahm er die Flöte. Er spielte ein Lied, in das er seine ganze Trauer legte. Ein Lied für die Opfer der großen Flut.

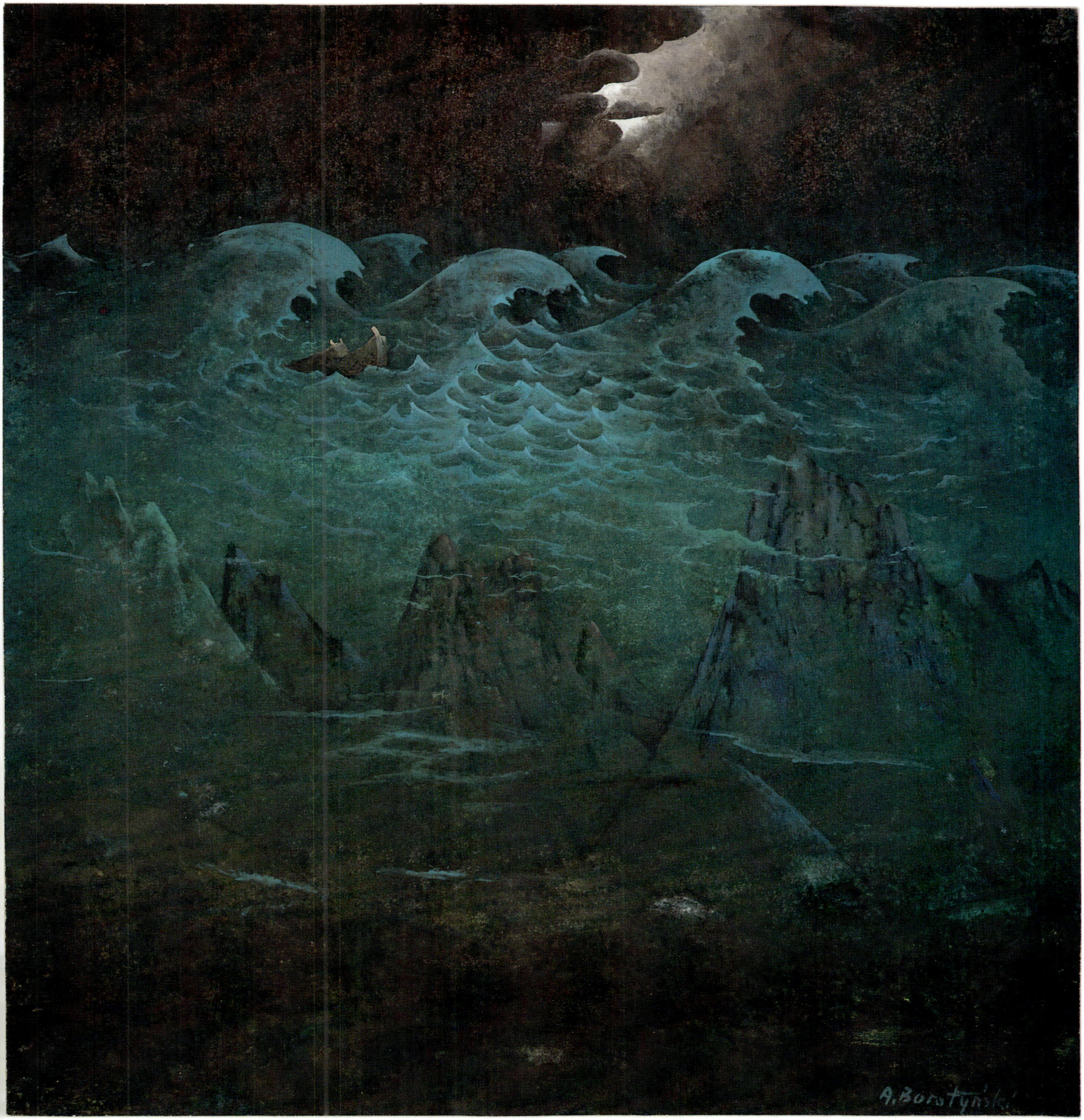
A.Borstyński

Woche um Woche, Monat um Monat verstrich. Der Sohn des Häuptlings mußte sich gedulden, bis er das Schiff verlassen konnte. Schließlich hatte die Strömung Mitleid mit den Eingeschlossenen und setzte den Kasten auf einer Bergspitze ab. Die alte Frau horchte eine Weile; dann ergriff sie den Stab und klopfte an die Tür, die lautlos aufging. Eine plötzliche Helligkeit ergoß sich in den Raum. Als das Licht den Ara traf, spannte er die Flügel. Mit einem Schrei warf er sich in die Luft und wurde, während er davonflog, größer und größer, riesengroß. Bald berührte er den Himmel, seine Schwanzfedern aber streiften noch das Wasser. In der Sonne funkelten sie wie ein Regenbogen.

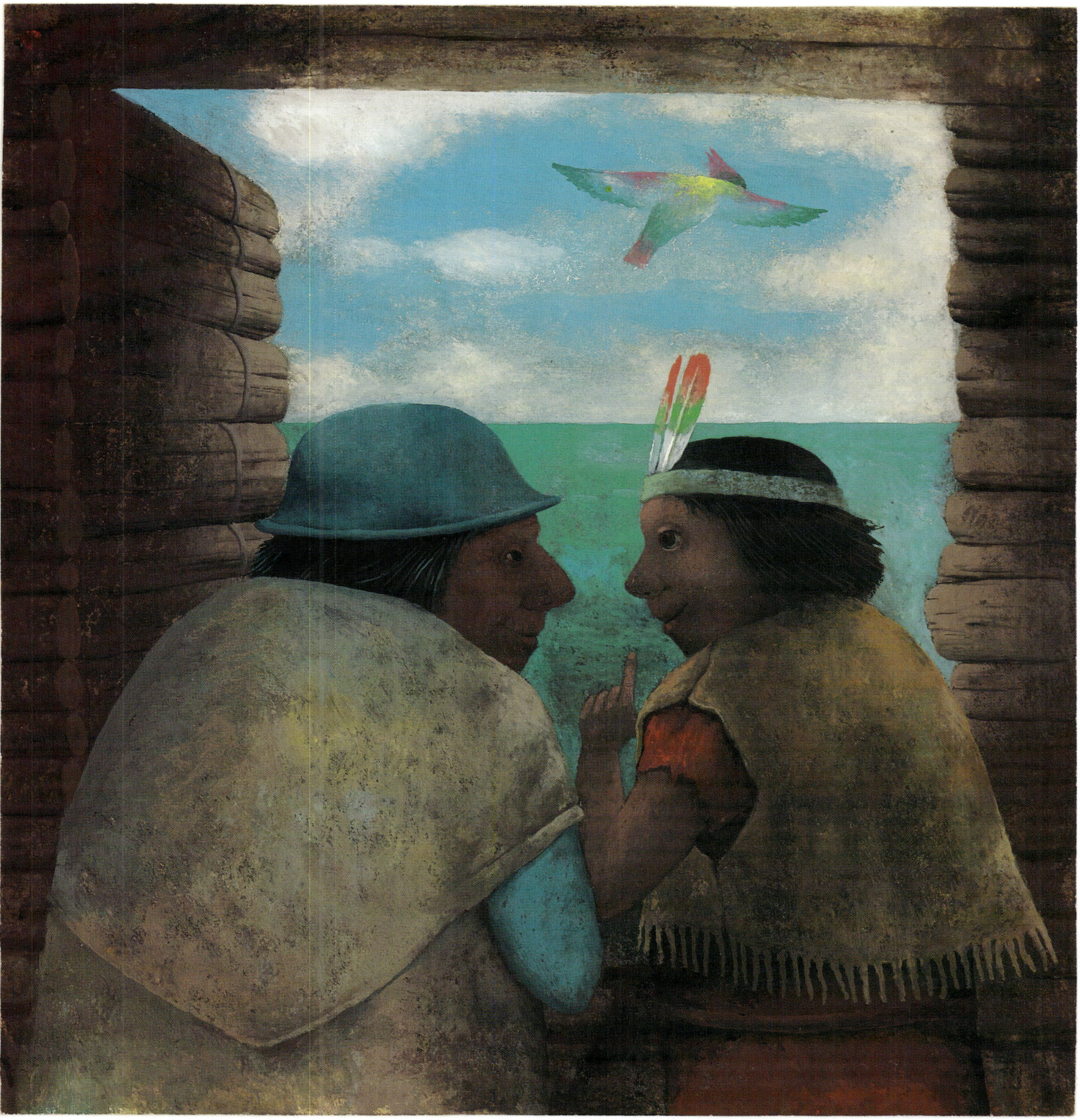

Siebenmal umkreiste der Ara die Erde, siebenmal stieß er hinab. Er tauchte in die Fluten, tauchte bis zum Grund. Mit seinem Schnabel riß er den Boden auf und hackte tiefe Löcher, in die von überallher das Wasser strömte. So entstanden die sieben Meere. Als der Ara sein Werk getan hatte, ruhte er auf einer Wolke aus. Die alte Frau aber nahm den Sohn des Häuptlings bei der Hand. Gemeinsam kletterten sie den Berg hinunter, durch Schlammwüsten und Geröll. Das Wasser fiel in Windeseile, es lief vor ihnen her. Am Fuße des Berges blieb die alte Frau stehen. Sie hob den Stab und zeigte in alle Himmelsrichtungen, nach oben und nach unten. Da begann die Erde zu trocknen. Gräser drängten ans Licht, Blumen öffneten sich. Aus dem toten Land wurde ein Paradies.

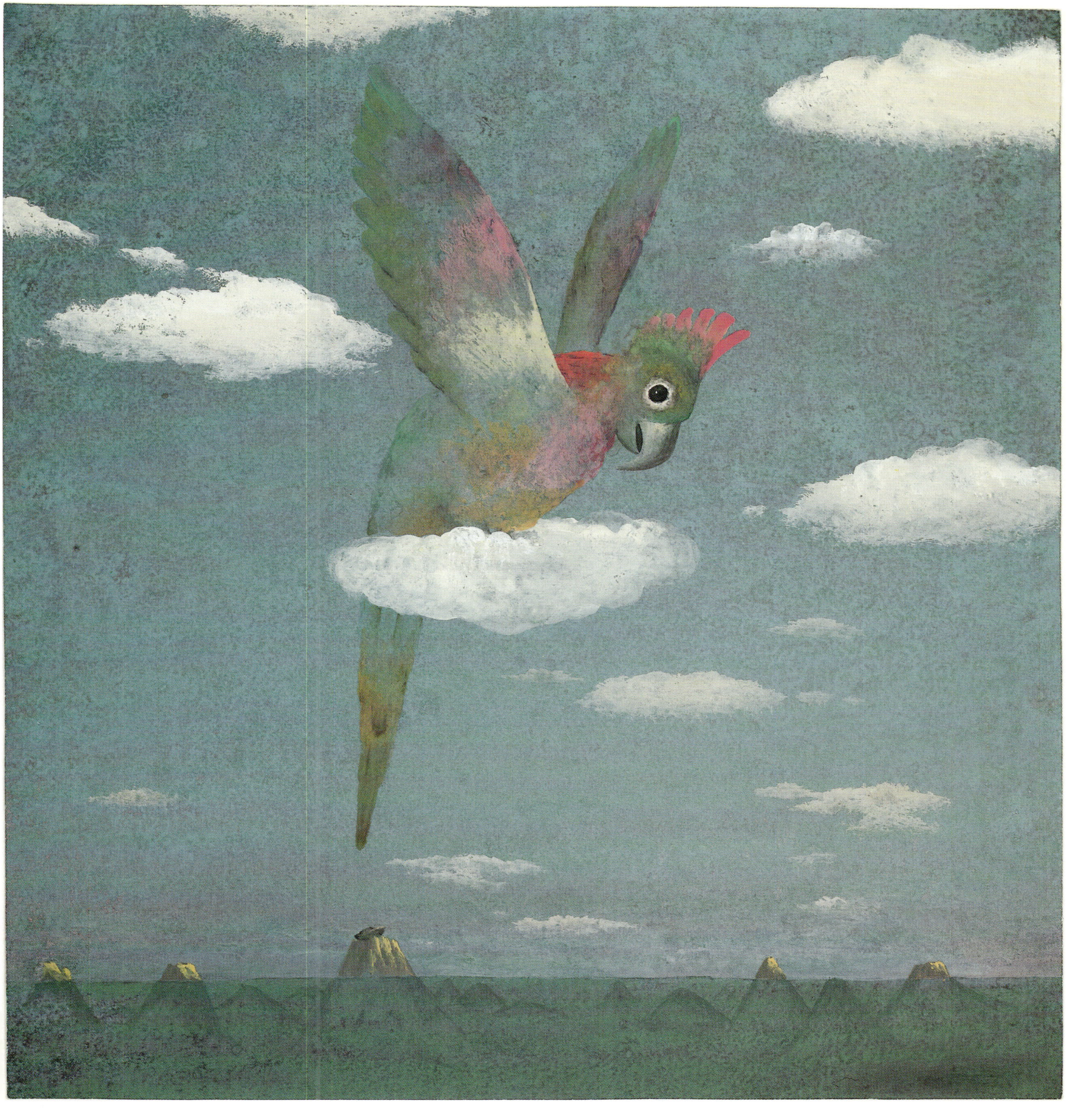

„Jetzt brauchst du mich nicht mehr", sagte die alte Frau und gab ihrem Schützling zwei Lederbeutel; den einen hatte sie mit Maiskörnern gefüllt, den anderen mit Bohnen. Zögernd nahm der Sohn des Häuptlings das Geschenk. Seine Augen waren traurig. Am liebsten hätte er gerufen: „Siehst du nicht, daß ich allein bin? Verlaß mich nicht!" Statt dessen wandte er sich ab und murmelte leise: „Danke, große Mutter." Da stahl sich ein Lächeln in das Gesicht der alten Frau. Mit der Hand wies sie auf das Meer hinaus, das gegen die Küste brandete. „Dort findest du, was du suchst", sagte sie."

Im gleichen Augenblick schnellte ein Delphin aus dem schäumenden, tosenden Wasser. Seine Rückenflossen glichen einer dunklen Sichel, und wenn er durch die Luft sprang, blitzte ein heller Streifen an seinem Körper. Der Delphin spielte mit den Wellen, er ritt auf ihnen, tauchte immer wieder unter. Dabei stieß er seltsame Laute aus. Manchmal klang es wie ein Pfeifen, so, als wollte er jemanden locken...

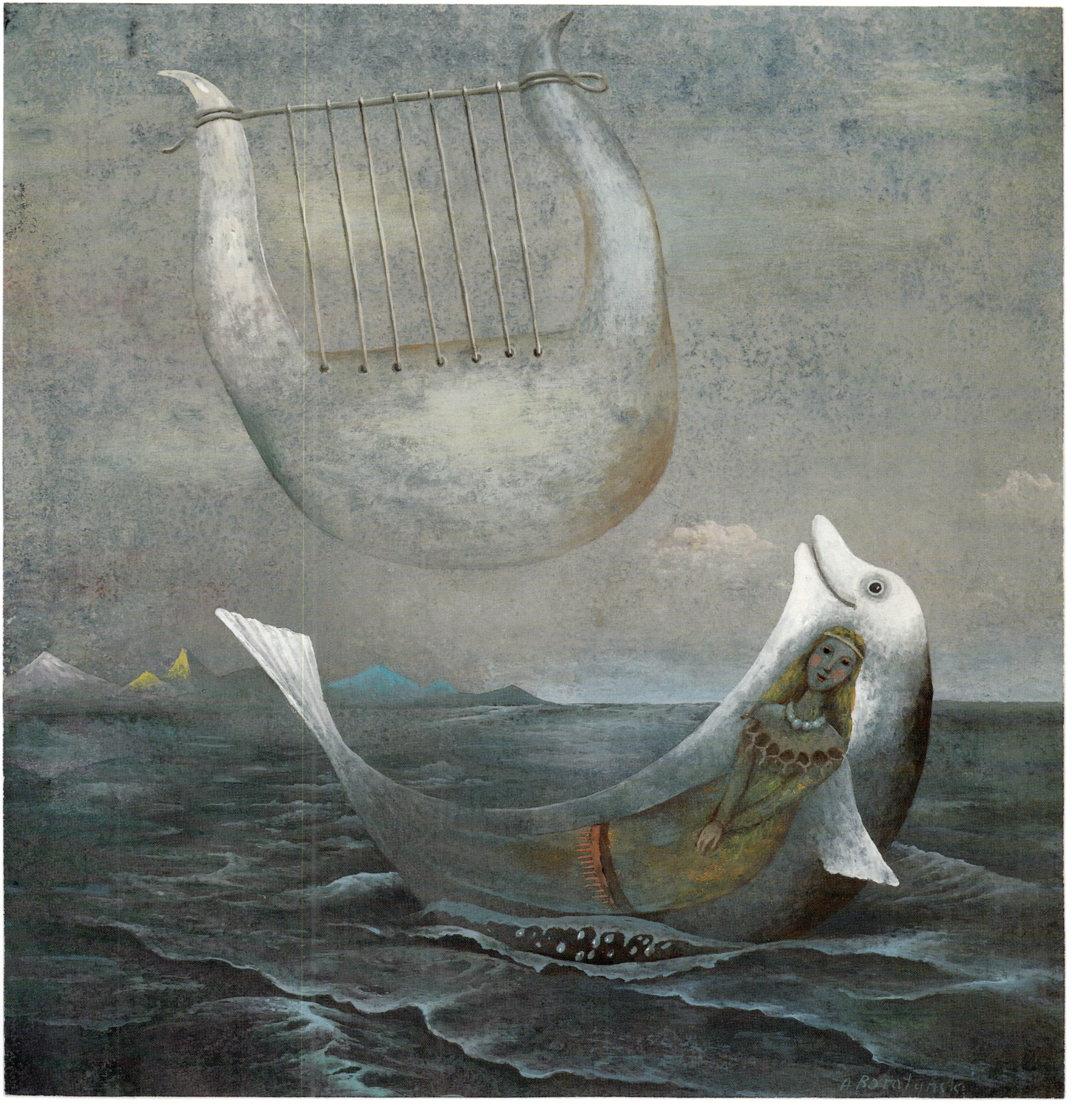

Der Sohn des Häuptlings hatte noch nie einen Delphin gesehen. Verwundert betrachtete er das fremde Wesen und merkte gar nicht, daß die alte Frau Abschied von ihm nahm. Sie berührte ihn noch einmal, tat dies leicht, fast zärtlich, dann ging sie fort. Nach wenigen Schritten war sie im Gewirr der wild hochschießenden Bäume und Büsche verschwunden.

Von nun an mußte der Sohn des Häuptlings ohne seine Beschützerin auskommen. Er baute sich eine Hütte und legte ein Feld an, auf dem er Mais und Bohnen pflanzte. Wenn er die Einsamkeit nicht mehr ertrug, wanderte er zum Strand hinaus. Viele Stunden saß er dort und beobachtete die anmutigen Spiele des Delphins. Bald wuchs seine Vertrautheit mit dem fremden Wesen. Es dauerte nicht lange, und sie schwammen im Meer, Seite an Seite. Wurde der Häuptlingssohn einmal müde, dann setzte er sich auf den Rücken des Delphins, der ihn bereitwillig durch das Wasser trug.

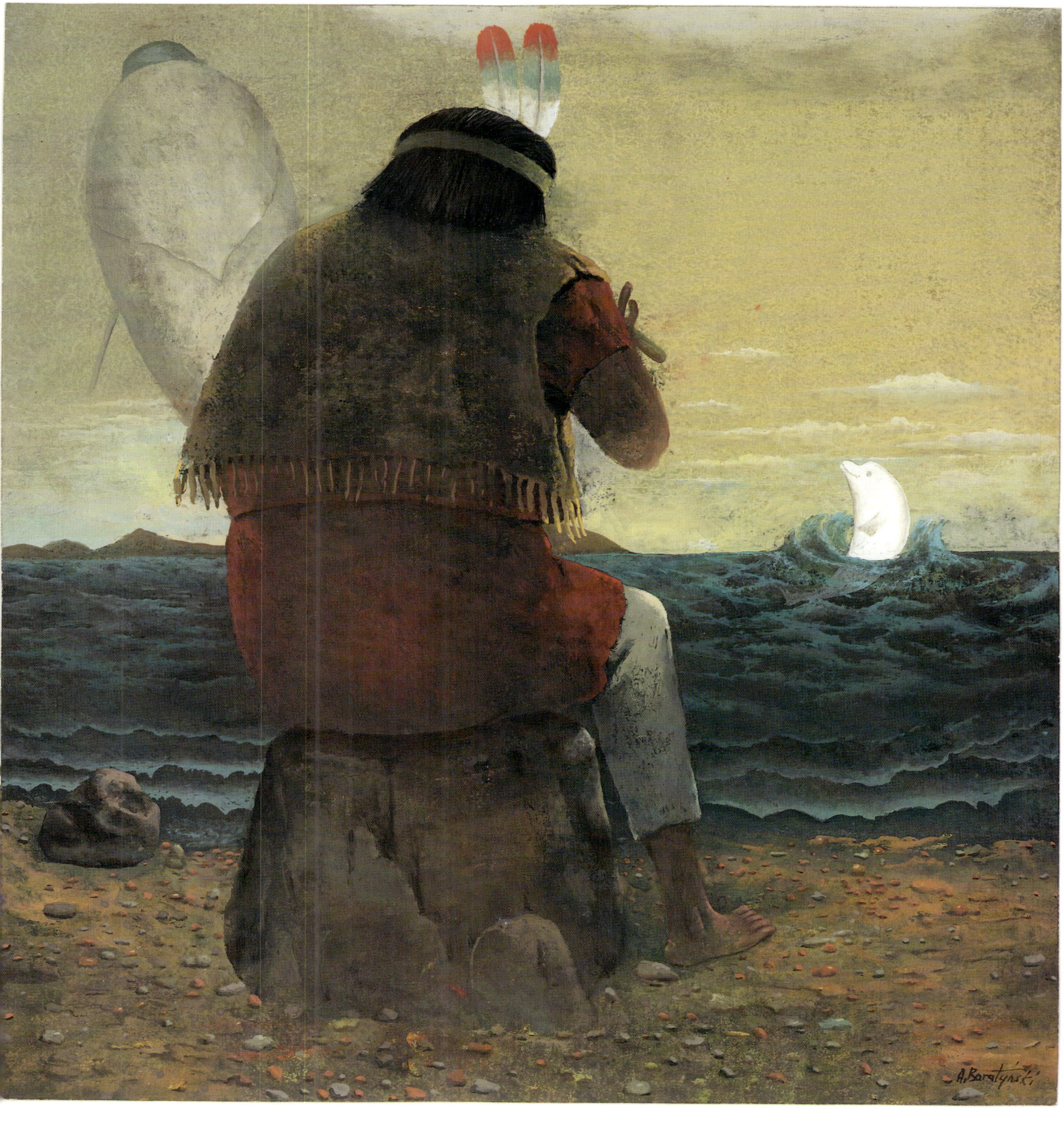
A. Baratynski

So verstrich ein Tag nach dem anderen. Die Sonne wärmte Himmel und Erde, und nichts störte den Frieden zwischen den Geschöpfen. Nur der Sohn des Häuptlings spürte manchmal mitten im Glück eine Traurigkeit, für die er keine Erklärung hatte. Dann hielt er sich fern vom Strand und arbeitete den ganzen Tag auf dem Feld.

Als er eines Abends heimkam, entdeckte er, daß schon jemand vor ihm dagewesen war. Neben dem Feuer lag ein Maisfladen, und im Topf dampfte die Suppe. Am nächsten Abend brutzelte ein Stück Fleisch über den Flammen. „Wer hat mein Essen zubereitet?" fragte der Sohn des Häuptlings. Seine Neugierde ließ ihn nicht mehr los. Deshalb legte er sich, sobald der dritte Tag anbrach, auf die Lauer.

Lange, sehr lange mußte er sich gedulden. Die Bäume warfen bereits Schatten, da glitt der Delphin auf den Strand. Blitzschnell streifte er seine Haut ab und verwandelte sich in eine junge Frau, die noch schöner war als der Mond. An den Armen trug sie Ringe aus Silber, und im Abendlicht schimmerte ihr Haar dunkelblau. Ohne sich umzusehen, lief sie zur Hütte. Dort kniete sie vor der Feuerstelle nieder und entfachte die Glut. In diesem Augenblick sprang der Häuptlingssohn aus seinem Versteck. Er packte die Haut des Delphins, schleuderte sie in die Flammen, die hell auflöderten.

Da erschrak die junge Frau bis ins Herz hinein. „Was hast du getan?" rief sie. „Jetzt kann ich nicht mehr zurück." Weinend verbarg sie ihren Kopf in den Armen.
„Ich wollte dir nicht weh tun", sagte der Sohn des Häuptlings. „Nein, das wollte ich nicht!" Er wartete eine Weile. Dann zog er seine Flöte hervor und spielte ein Lied.
Das Lied war schöner, viel schöner als alle anderen.
Er spielte es nur für die Meerfrau.

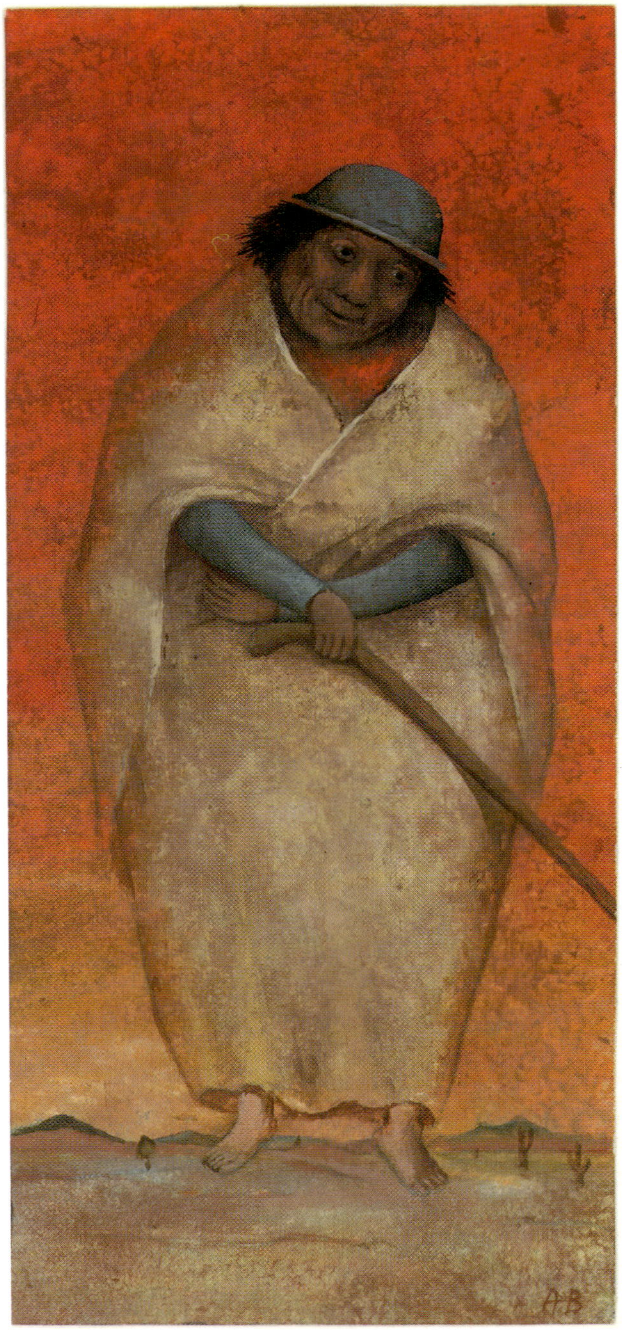